沈尹默臨孟法師碑

距下的沈尹默系列之二十

張一鳴 編

浙江人民美術出版社

圖書在版編目（CIP）數據

微距下的沈尹默. 系列之二十, 沈尹默臨孟法師碑 / 張一鳴編. -- 杭州 : 浙江人民美術出版社, 2023.6
ISBN 978-7-5340-9971-7

Ⅰ. ①微… Ⅱ. ①張… Ⅲ. ①楷書—法書—作品集—中國—現代 Ⅳ. ①J292.28

中國國家版本館CIP數據核字(2023)第044780號

責任編輯：王霄霄
責任校对：黄　静
責任印製：陳柏榮

統　　籌：張亦然　黄遂之
　　　　　黄　漪　王寶珠

微距下的沈尹默系列之二十
——沈尹默臨孟法師碑

張一鳴　編

出版發行　浙江人民美術出版社
地　　址　杭州市體育場路347號
經　　銷　全國各地新華書店
製　　版　杭州真凱文化藝術有限公司
印　　刷　浙江海虹彩色印務有限公司
開　　本　889mm × 1194mm　1/12
印　　張　5.333
字　　數　90千字
版　　次　2023年6月第1版
印　　次　2023年6月第1次印刷
書　　號　ISBN 978-7-5340-9971-7
定　　價　68.00元

前言

沈尹默（一八八三—一九七一），原籍浙江吴興，生于陝西漢陰，是我國著名的學者、詩人，更是一位載入中國現代史的劃時代的書法宗師。他歷任北京大學教授、《新青年》編委、北平大學校長、中央文史研究館副館長等職，他參與創建了上海市中國書法篆刻研究會并任主任委員，爲推動我國的書法事業作出了巨大貢獻。

筆法是書法的核心，元代趙子昂所言『用筆千古不易』，是指用筆的法則，是對筆法重要性的高度强調。沈尹默所起的作用與趙子昂類似，他在清末民初『碑學』大潮洶涌之時，身體力行地繼承和倡導傳統『二王』書法，使當時將要湮没的『帖學』重新崛起，成爲現代帖學的開山盟主。法度美是中國傳統書法最重要的審美價值，歷代書法名迹無一不法度森嚴而又各具面貌，可見筆法不是僵死的東西。沈尹默在他的書論中反復强調筆法是書法的根本大法，他抓住了書法這一要害問題，不但在理論上得到完滿的解釋，而且在實踐上也取得了巨大的成就。

怎麽才能掌握筆法？細看歷代法書名家墨迹至關重要。沈尹默也是在二十世紀三十年代隨着故宫開放得以觀摩晋唐宋法書名作，這使其『得到啓示，受益匪淺』，其書法才『突飛猛進』的。衹有真迹才能體現出用筆『纖微向背，毫髮死生』的奥妙。鑒于科技的飛速發展，以前字帖中看不清楚的細節現在可以通過數碼微距攝影呈現出來，甚至包括書寫者自己都没有留意的東西，在微距下可以一覽無餘。『微距下的沈尹默』系列精選代表沈尹默書法最高水準的墨迹，采用真迹微距拍攝并精印的方法，使書法研究者不僅可以體會到原帖的風神，而且可以領會到筆毫往來的動勢、中鋒提按運筆引起的墨色細微變化等。所選作品不但風格多樣，而且以沈尹默最擅長的小字精品爲主，基本上采用通篇原大與局部放大相結合的方法，相信該系列的出版對廣大書法愛好者探求前賢筆法有事半功倍之效。

《孟法師碑》，褚遂良（五九六—六五九）書，唐貞觀十六年（六四二）五月立碑。原石久佚，今僅有清代李宗瀚藏唐拓孤本傳世。册共二十頁，每面頁四行，滿行九字，存七百多字。册後有明代王世貞、王世懋，清代王澍、王文治、李宗瀚等人跋記。此本後流入日本，今藏日本三井文庫。

沈尹默臨《孟法師碑》局部（縱三三·三厘米　横二〇厘米　二十九開）

此碑是褚遂良中期楷書的代表作。明王世貞跋：『褚公以貞觀十六年書，時尚刻意信本（歐陽詢），而微參以分隸法，最爲端雅，饒有古意，波拂轉折處，無毫髮遺恨，真墨池中至寶也。』王世懋跋稱：『質若敦彝，雅若天球……精神煒煒，妙得八分古意……是褚擇筆書也。』清王文治跋：『古趣幽光，洋溢楮墨之上，而結字之樸拙，用筆之沉摯，全從秦篆漢隸而來，迥异尋常蹊徑。奇哉！世所未有也。』李宗瀚評曰：『遒麗處似虞，端勁處似歐，而運以分隸遺法，風規振六代之餘，高古近「二王」以上，殆登善早年極用意之作。』

褚遂良寫《孟法師碑》時年四十七歲，他吸收了其兩位老師歐陽詢和虞世南的優點，用筆輕重虛實、起伏頓挫均富於變化，結體疏密相間，顧盼照應，章法縝密而氣勢流動。

沈尹默學書涉及面極廣，對歷代大家的法書幾乎無所不學，但他最鍾情的還是唐楷，尤其是褚遂良的楷書，他對褚遂良的《孟法師碑》《伊闕佛龕碑》《倪寬贊》《陰符經》用功尤多。目前發現的沈尹默臨《孟法師碑》有以下幾種：一、沈令昕藏本，臨於一九四三年春日，是沈尹默獎勵其四子沈令昕的，此册由上海博物館於一九九八年仿真印刷一千部限量出版；二、朵雲軒藏本，臨於一九四五年冬日，此册由上海書畫出版社於二〇〇五年出版發行。以上兩册的字徑均是標準的寸楷（格子三·三厘米見方），是接近於原大臨摹的。此册金南萱藏本爲目前發現的唯一放大臨本（格子四·五厘米見方）。金南萱是褚保權的同窗好友，一九四〇年爲避戰亂來到了重慶，後來與任中央設計局委

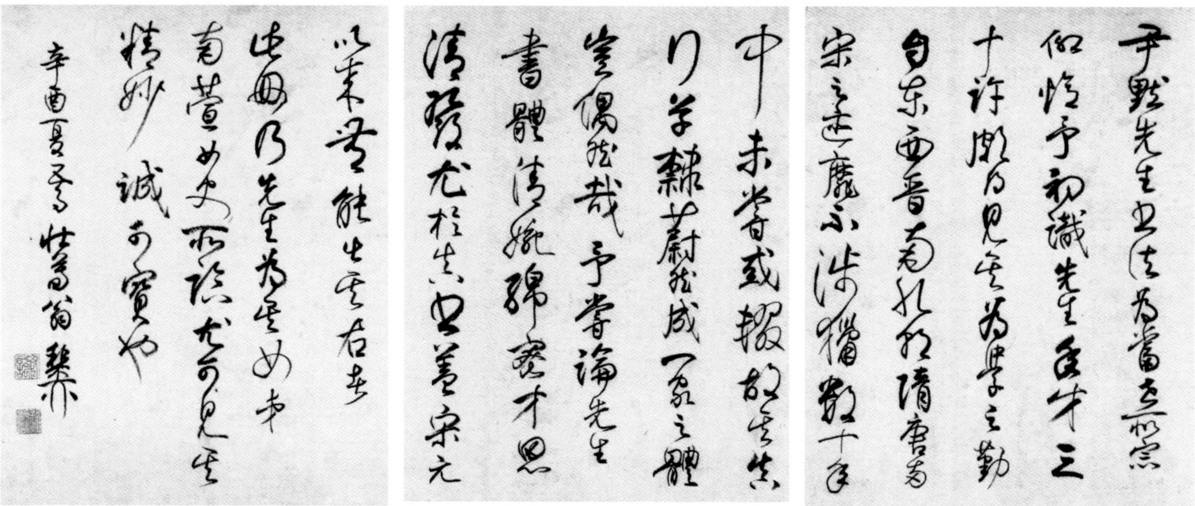

謝稚柳題跋（縱二七・八厘米　横二〇・八厘米　三開）

員的周敦禮結婚。一九四二年，沈尹默與周敦禮共同出資在重慶曾家岩蓋了幾間平房，因沈、周兩家合蓋房屋，故以明代大畫家沈周的號『石田』取名『石田小築』。金南萱幫沈尹默招待客人并照料其生活，兩人既是朋友，又是師生，如同家人。此册臨於一九四五年夏日沈老在重慶時期，册頁縱三三・三厘米，横二〇厘米，共二十九開，臨在洒銀屑的紅格宣紙上。册後有書畫鑒定大家謝稚柳的題跋三開，内容爲：『尹默先生書法爲當世所宗，仰憶予初識先生，年才三十許，頗得見其爲學之勤。自東西晉、南北朝、隋唐、兩宋之迹，靡不涉獵。數十年中，未嘗或輟。故其真、行、草、隸，蔚然成一家之體，豈偶然哉。予嘗論先生書體，清婉綿密，才思清發，尤於真書，蓋宋元以來，無能出其右者。此册乃先生爲其女弟南萱女史所臨，尤可見其精妙，誠可寶也。辛酉夏五月，壯暮翁稚柳。』謝稚柳對沈尹默楷書的評價極高，譽其爲一千年來第一人。

臨帖是書法學習的不二法門，此册臨作，技法齊備，結體飽滿而寬舒，用筆變化多端，點畫珠圓玉潤，是沈尹默臨書的精心之作，是學書者不可多得的珍貴范本。

沈尹默臨孟法師碑

（縱三三・三厘米　橫二〇厘米　二十九開）

《孟法師碑》銘

觀夫太陽始旦，指崦嵫其若馳；巨川分流，赴渤澥而不息。是以至人無己，先天地御六氣；列仙神化，隘宇宙而遺萬物。與齊魯縉紳，束名教於俄景；漢魏豪杰，殉榮利於窮塗。何異乎蜉生於崇朝，爭長於龜鶴；秋毫出於未兆，計大於昆閬（者）哉？若乃岱山龍駕，傳神丹之秘决；秦都鳳祠，流洞簫之妙響。用能延頹年於昧谷，振朽骨於玄廬。白玉之簡，祈西王而可値；青雲之衣，師東陵而易襲。豈非度世之寶術，登遐之妙道焉？

法師俗姓孟氏，諱静素，江夏安陸人也。其先徙里成仁，繼迹於孔墨；冬笋表德，齊聲於曾閔。是以貽則當世，錫類後昆。軒冕之盛，既富於天爵；賢明之質，獨表於仙才。固以軼仲躬之弈，虞而已哉？幼而慕道，超然拔俗。志在芝桂，譬芻豢於糠秕；心繫烟霞，方綺羅於桎梏。既而初笄云畢，迨吉有典。懿戚托繼世之援，慈親割相離之情，千金甫陳，百兩將戒。法師凌霜之操，必守節於玄冬；匪石之誠，誓捐生於白刃。素概難奪，嘉禮遽寢。乃脱屣通德之門，絶景集靈之館。虔修經戒，長甘蔬菲。漱元氣於停午，思輕舉於中夜。若夫金簡玉字之餘論，玄牝道樞之妙旨，《三皇内文》，《九鼎丹法》，莫不究其條貫，猶登山而小魯，踐其户庭，若披雲而見日。允所謂天挺才明，人宗摸楷者已。

隨高祖文皇帝聞風而悦，徵赴京師。亦既來儀，居于至德之觀，公卿虚己，士女翹心。於是高視神州，廣開衆妙，懸明鏡於講肆，陳鴻鐘於靈壇。著録之侶，升堂者比迹；問道之客，及門者成群。雖列星仰天津，衆山之宗地軸，未足以喻也。

我高祖以大聖締基，功逾覆載；皇（上）以欽明纂歷，道冠犧農。崇三清以緯民，懷九仙而濟俗。天地交泰，中外和平。法師維持科戒，弘宣經典。時歷夷險，懷趙璧而無玷；年殊盛衰，鼓吴濤而不竭。迹均有待，心叶無爲。循大小於天倪，既齊椿菌；忘壽夭於物化，寧辯彭殤？而靈氣有感，仙骨夙著。金液方授，駕白龍而不反；玉棺遽掩，望青鳥之來翔。以貞觀十二年七月十二日遺形而化，春秋九十有七。顔色如生，舉體柔弱，斯蓋仙經所謂尸解者也。

冕旒惜道門之梁壞，縉紳悼人師之云亡。固以恩侔徹樂，悲逾輟相。有敕賜以賻迹。霞舉玉京，雲開金液。飛廉先路，句芒奉璧。形表丹青，聲流金石。玄風誰纂，允屬賢明。翟衣絶志，鶴御依情。栖心大道，投迹長生。三山可陟，九轉方成。靈化人間，高。

乙酉夏日为南萱女史臨書

尹默

謝稚柳題跋

（縱二七・八厘米　橫二〇・八厘米　三開）

尹默先生書法爲當世所宗，仰憶予初識先生，年才三十許，頗得見其爲學之勤。自東西晉、南北朝、隋唐、兩宋之迹，靡不涉獵。數十年中，未嘗或輟。故其真、行、草、隸，蔚然成一家之體，豈偶然哉。予嘗論先生書體，清婉綿密，才思清發，尤於真書，蓋宋元以來，無能出其右者。此册乃先生爲其女弟南萱女史所臨，尤可見其精妙，誠可寶也。辛酉夏五月，壯暮翁稚柳。

孟法師碑銘

觀夫太陽始旦指

崦嵫其若馳巨川

分流赴渤澥而不

息是以至人無己
先天地御六氣列
仙神化隘宇宙而
遺萬物與齊魯縉

紳束名教於俄景
漢魏豪桀殉榮利
於窮塗何異乎蜉
生於崇朝爭長於

龜鶴秋毫出於未
兆計大於崐閬苑
若迺岱山龍駕傳
神丹之祕決泰都

鳳祠流洞簫之妙
響用能延頹年於
昧谷振朽骨於玄
廬白王之簡祈西

王而可值青雲之
衣師東陵而易襲
豈非度世之寶術
登遐之妙道焉法

師俗姓孟氏諱靜素江夏安陸人也其先從里成仁繼跡於孔墨冬筍表

德齊聲於曾閔是
以貽則當世錫類
後昆軒冕之盛既
富於天爵賢明之

質獨表於仙才固
以軼仲躬之齊稟
而已哉幼而慕道
超然拔俗志在芝

桂譬蓄豢於穅秕
心繫煙霞方綺羅
於桎梏既而初笄
云畢迨吉有典懿

戚託繼世之援慈
親割相離之情千
金甫陳百兩將式
法師凄霜之操必

守節於玄冬匪石
之誠擔捐生於白
刃素槩難奪嘉禮
遽寢乃脫屣通德

12

之門絕景集靈之

館慶修經戒長甘

蔬菲漱元氣於停

午思輕舉於中夜

若夫金簡玉字之
餘論玄牝道樞之
妙音三皇內文九
鼎丹法莫不究其

條貫猶登山而小
魯踐其戶庭若披
雲而見日允所謂
天挺才明人宗摸

楷者已随高祖文
皇帝聞風而悦徵
赴京師亦既来儀
居于至德之觀公

卿虛己士女翹心
於是高視神州廣
開衆妙懸明鏡於
講肆陳鴻鍾於靈

壇著錄之侶升堂
者比跡問道之客
及門者成羣雖列
星仰天津衆山之

宗地軸未足以喻
也我高祖以大聖
締基功踰覆載皇
以欽明纂歷道冠

平	天	民	犧
法	地	懷	農
師	交	九	崇
維	泰	仙	三
持	中	而	清
秤	外	濟	以
哉	和	俗	緯

弘宣經典時歷夷
險懷趙壁而無玷
年殊盛衰鼓呉濤
而不竭跡均有待

心叶無為循大小
於天倪既齊椿菌
忘壽夭於物化寧
辯彭殤而靈氣有

感仙骨凤著金液
方授駕白龍而不
反王棺遷掩望青
鳥之来翔以貞觀

十二年七月十二日遺形而化春秋九十有七顏色如生舉體柔弱斯盖

仙經所謂尸解者
也冕旒惜道門之
梁壞縉紳悼人師
之云亡固以恩侔

徽樂悲踰輟相有

勅賜以賻跡霞舉

王京雲開金液飛

廉先路句芝奉辟

形表丹青聲流金
石玄風誰纂允屬
賢明翟衣絕志鶴
御依情栖心大道

按蹟長生三山可
陟九轉方成靈化
人間高
乙酉夏日為

南萱女史臨書

尹默

于野先生出處為當世所宗
仰惟予初識先生年三
十許後乃見先生為學之勤
自東西晉南北朝隋唐為
宋元來靡不悉覽數十年

耳未嘗甚擬古人書
行草隸蔚然成一家之體
豈偶然哉予嘗論先生
書體清縱綿密才思
清發尤松雪也善宋元

辛酉夏子為情高翁黎

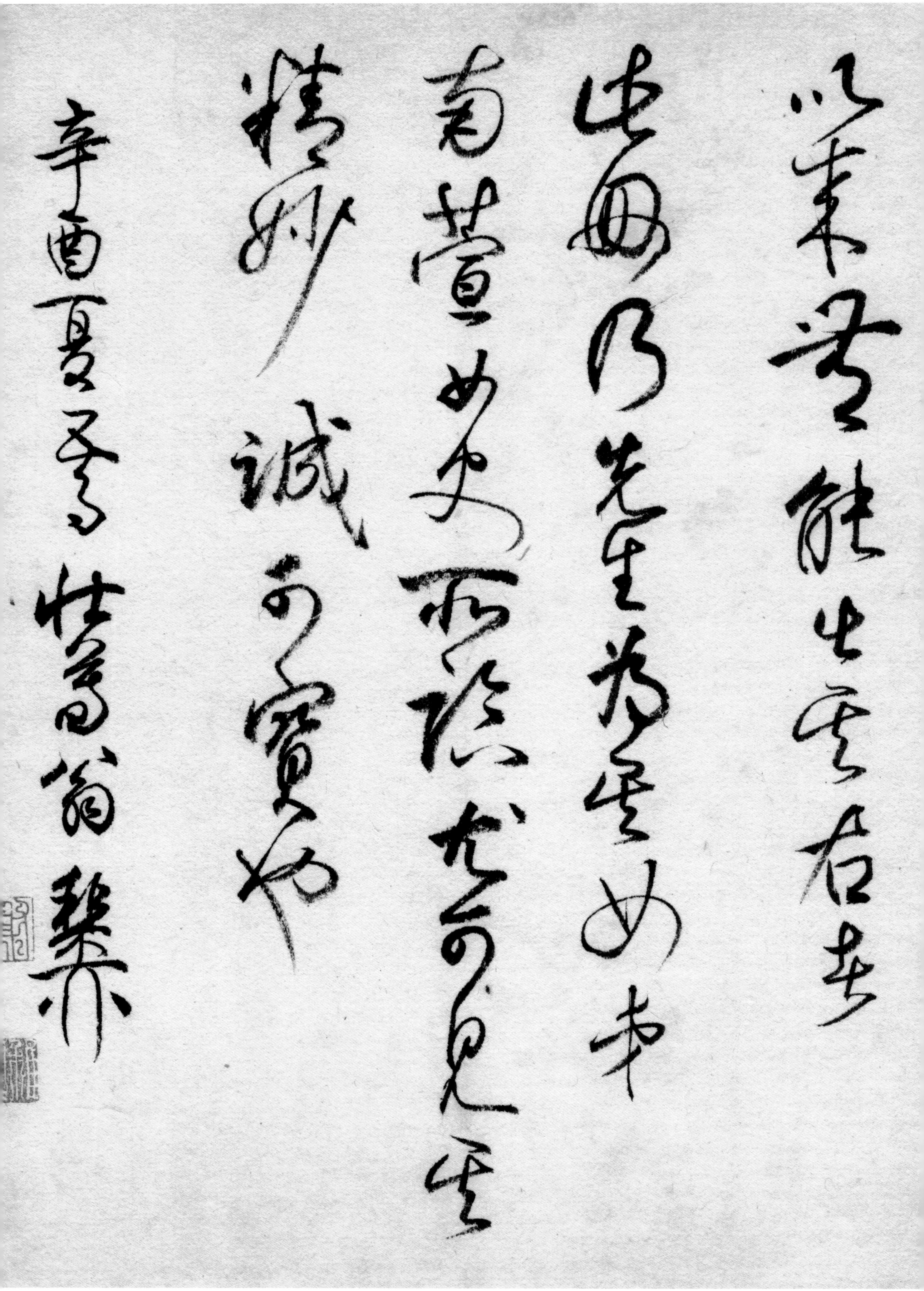

孟法師碑

觀夫太陽

龜鶴秋毫
地計大於

鳳祠流洞

響用能延

桂譬蕃豢

心繫煙霞

若夫金簡
餘論玄牝

開衆妙懸
講肆陳鴻

及門者成
星仰天津

天地交泰
平法師維

弘宣經典險懷趙璧

感仙骨风
方授駕白

孟

法

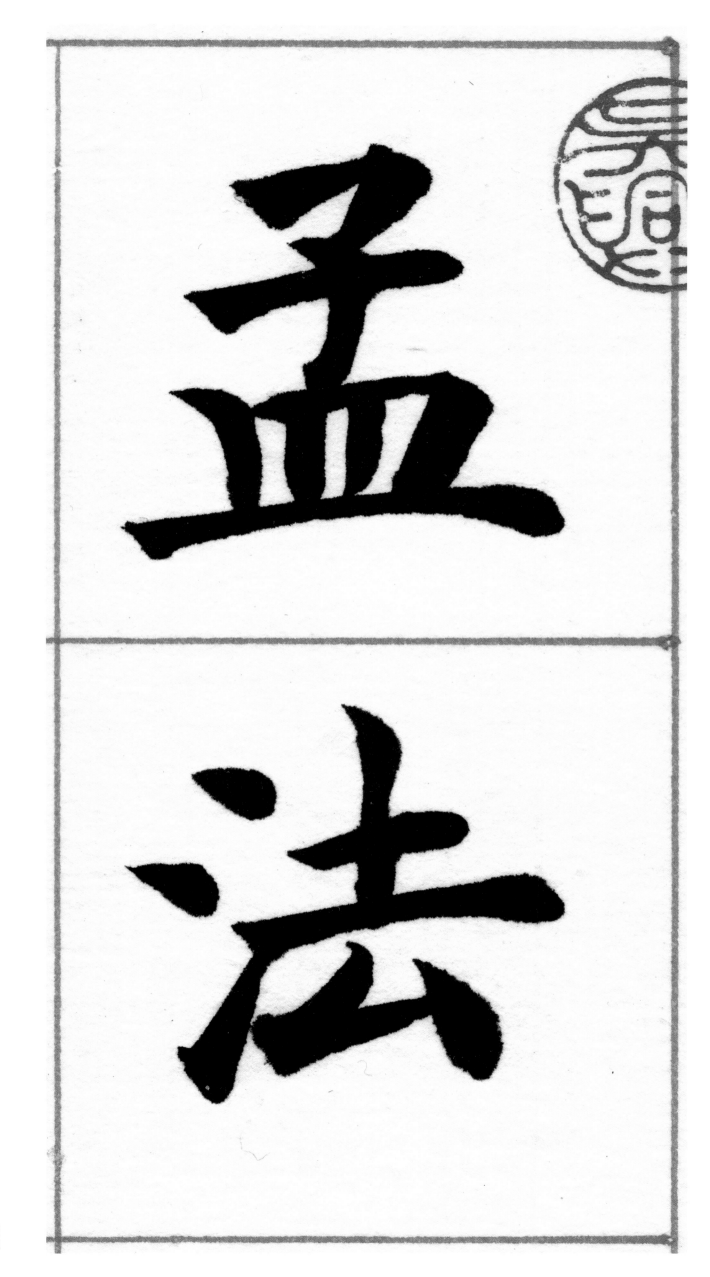

太
陽

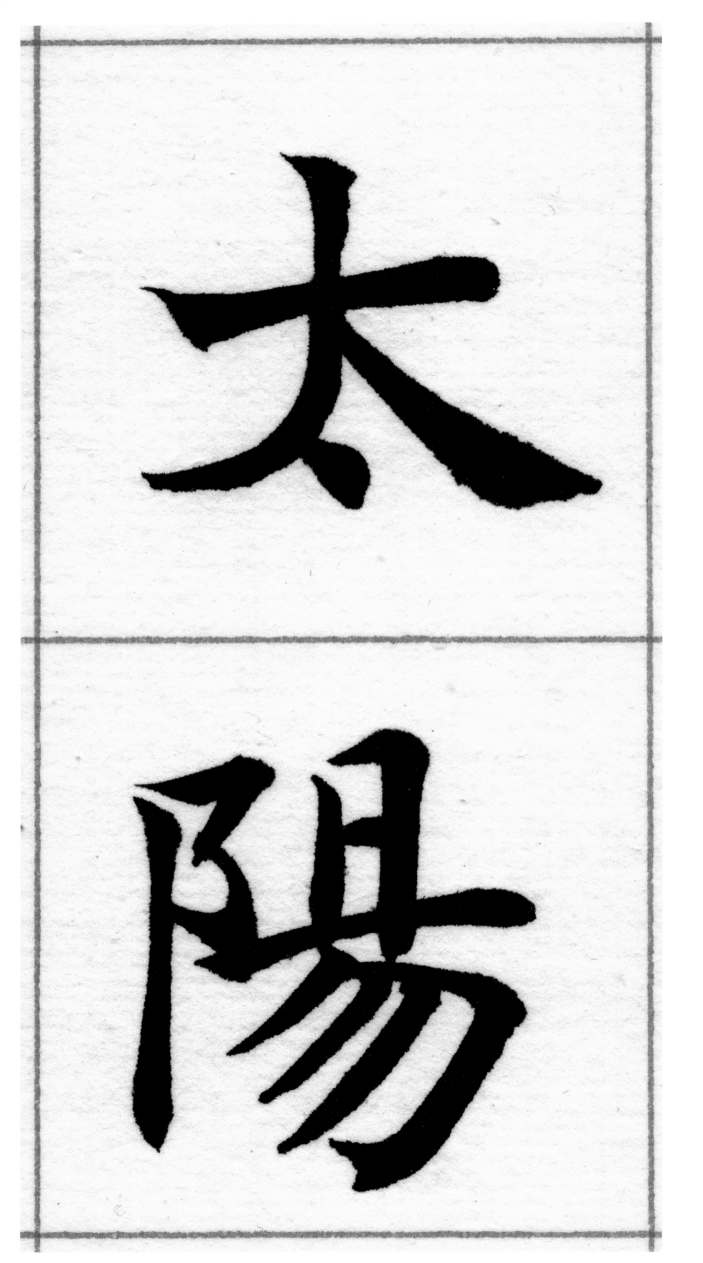

分

流

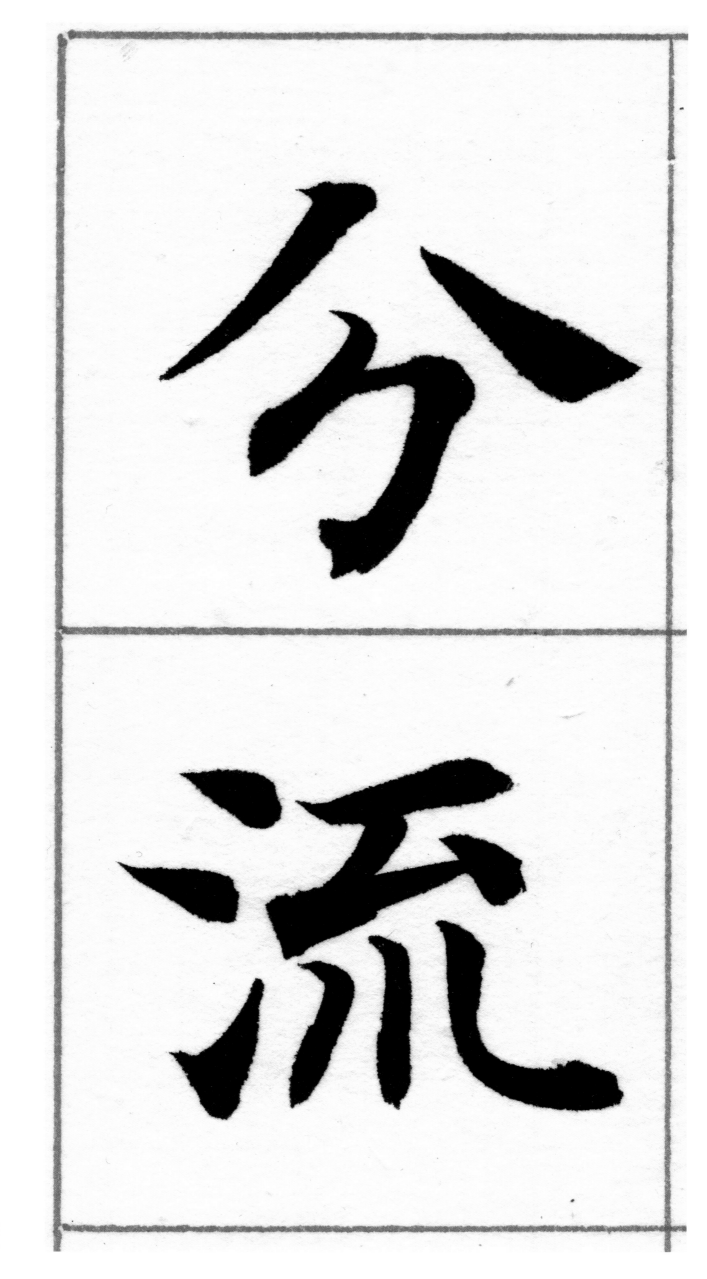

龜

鶴

神

丹

鳳
桐

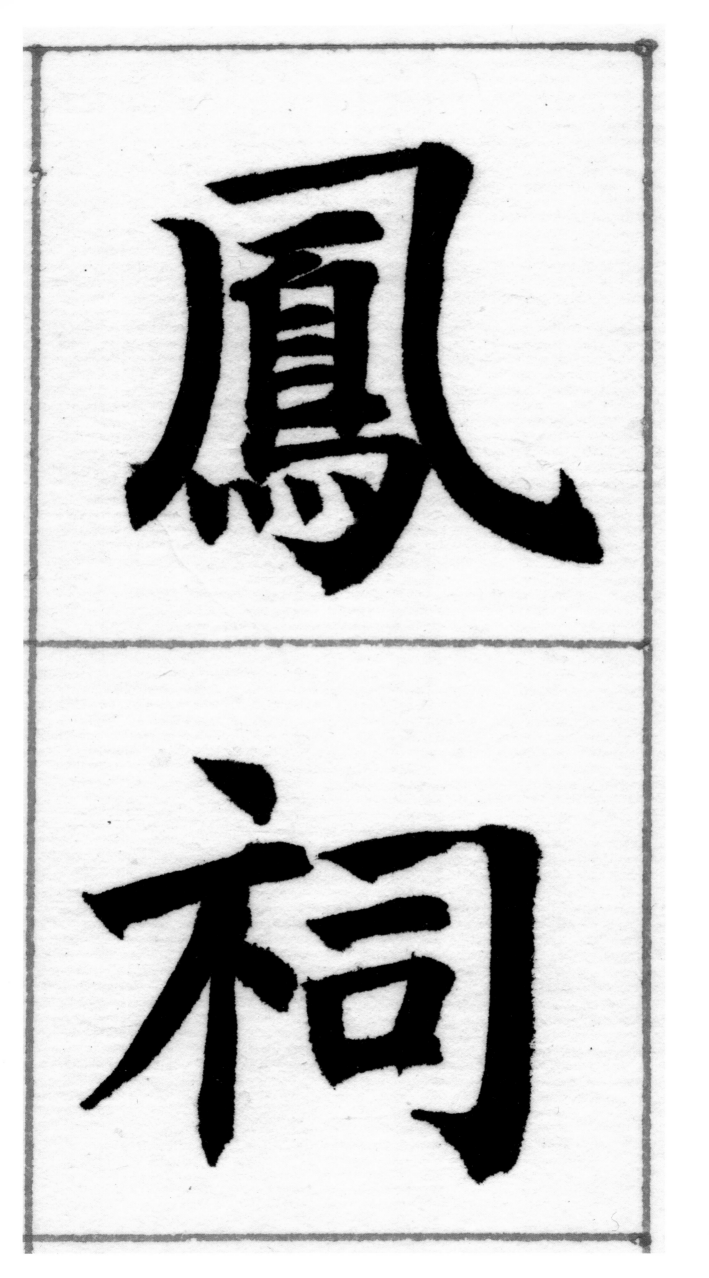

谷

振

質

獨

慕

道

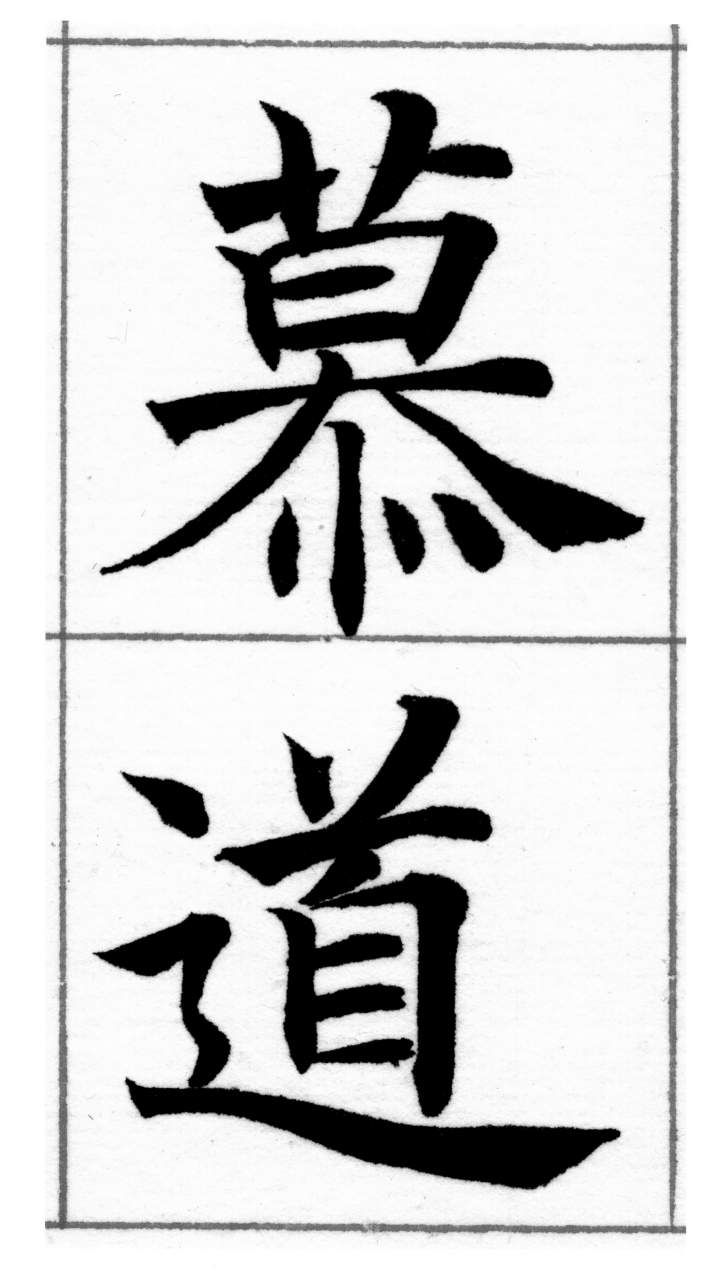

在

芝

元
氣

輕

舉

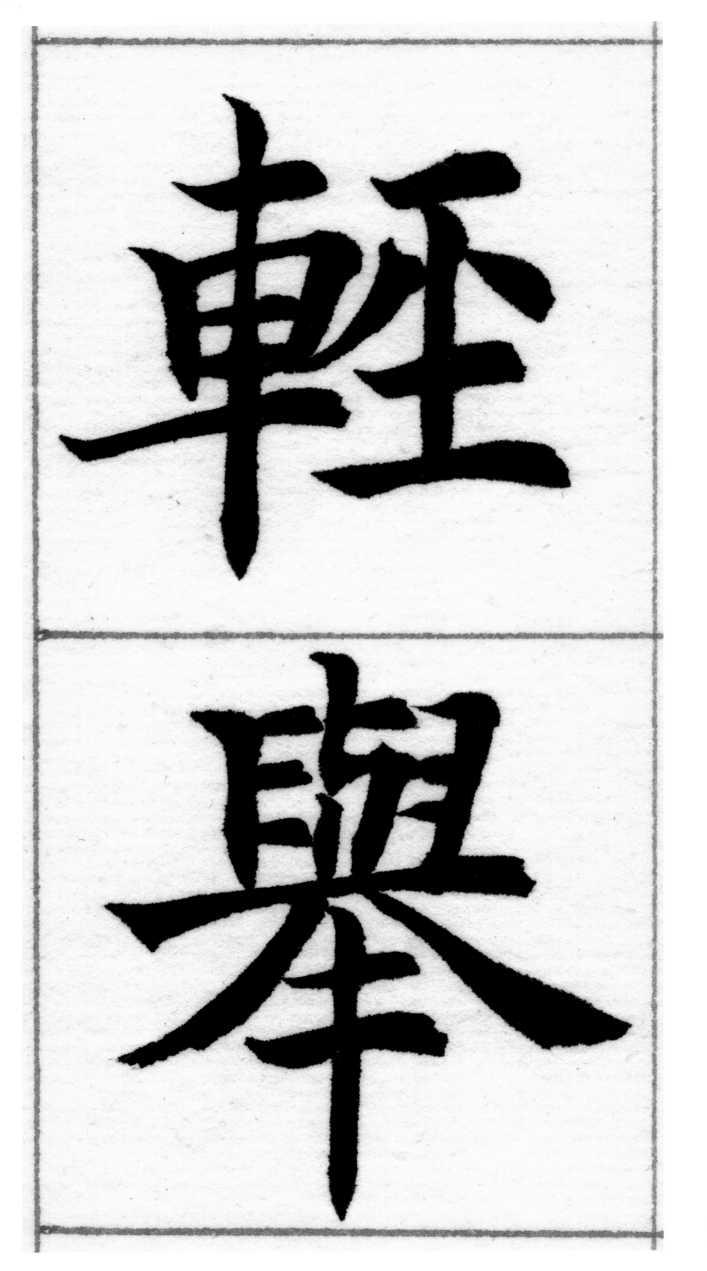

於物

靈
氣

仙

骨

援
駕